UNA EXTRAÑA VISITA

ALMA FLOR ADA

Ilustrado por VIVI ESCRIVA

Alfaguara

INFANTIL Y JUVENIL

SANTILLANA

Querida familia:

Saber leer bien es muy importante para que los niños y las niñas triunfen en la escuela. Las niñas y los niños a quienes les gustan los libros tienen mucho mayor éxito en sus estudios. Por eso, no hay mejor regalo para un niño o una niña que un libro. Y nada les ayudará más a prepararse para ser buenos estudiantes que el leer diariamente.

Es sobre todo valioso que la familia comparta la lectura. El dedicar cada día unos minutos a compartir libros con las niñas y los niños es darles un gran mensaje y una gran apoyo cuyas consecuencias positivas son indiscutibles.

Nunca es demasiado temprano para empezarle a leer libros a los niños y niñas. Por pequeñitos que sean, se beneficiarán de oír el lenguaje, de ver las imágenes, y aunque parezcan no comprender todavía, van aprendiendo a gustar de los libros y de la lectura.

Cuando los niños y las niñas ya saben leer, los adultos pueden escucharlos y luego conversar con ellos sobre lo que han leído. O todos juntos pueden hablar de las ilustraciones y el contenido del libro.

Los libros de la Colección **Libros para contar**:
• ayudar a inculcar en los niños y niñas el amor por la lectura
• combinan buena literatura con ilustraciones inspiradoras
• enseñan o refuerzan conceptos importantes
• promueven la participación de la familia

En la contraportada posterior encontrarán algunas sugerencias específicas de cómo compartir este libro en su hogar.

¡Qué disfruten mucho la lectura!

LIBROS PARA CONTAR

UNA EXTRAÑA VISITA

ALMA FLOR ADA

Ilustrado por

VIVI ESCRIVA

ALFAGUARA

INFANTIL Y JUVENIL

SANTILLANA

Ahora te voy a contar
la historia de una semana
y las extrañas visitas
que vinieron de mañana.

El lunes de mañanita
llegó una extraña visita.
Era
un grillo saltarín
tocando el violín.

El martes de mañanita
llegó una extraña visita.
Eran
un grillo saltarín tocando el violín
y dos vacas tocando maracas.

El miércoles de mañanita
llegó una extraña visita.
Eran
un grillo saltarín tocando el violín,
dos vacas tocando maracas
y tres cigarras tocando guitarras.

El jueves de mañanita
llegó una extraña visita.
Eran
un grillo saltarín tocando el violín,
dos vacas tocando maracas,
tres cigarras tocando guitarras
y cuatro armadillos tocando platillos.

El viernes de mañanita
llegó una extraña visita.
Eran
un grillo saltarín tocando el violín,
dos vacas tocando maracas,
tres cigarras tocando guitarras,
cuatro armadillos tocando platillos
y cinco ratones tocando acordeones.

El sábado de mañanita
llegó una extraña visita.
Eran
un grillo saltarín tocando el violín,
dos vacas tocando maracas,
tres cigarras tocando guitarras,
cuatro armadillos tocando platillos,
cinco ratones tocando acordeones
y seis castores tocando tambores.

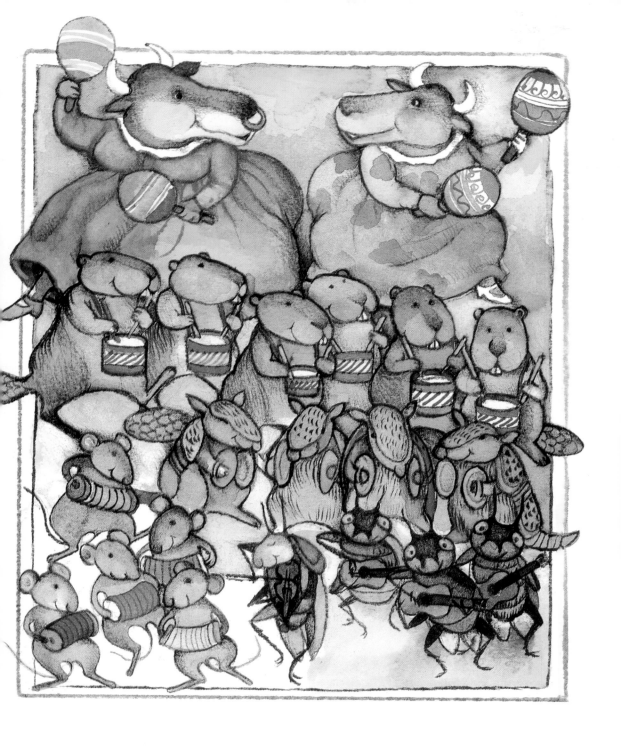

Y el domingo de mañana
se formó la gran jarana
con
el grillo saltarín tocando el violín,
las dos vacas tocando maracas,
las tres cigarras tocando guitarras,
los cuatro armadillos tocando platillos,
los cinco ratones tocando acordeones,
los seis castores tocando tambores
y los siete enanos . . . ¡tocando el piano!

Para Kristen, para Diego y para los niños de Santa Bárbara, California,
que fueron los primeros en contar conmigo este cuento.

Graphic Designer - Terri Payor

© 1999 Santillana USA Publishing Co., Inc.

2105 N.W. 86th Ave.
Miami, FL 33122

98 99 00 01 02 10 9 8 7 6 5 4 3 2 1

Printed in Mexico

ISBN: 1-58105-192-1